**Um dia,** Zazi e Ziwelene estavam brincando na casa da Vovó Zindzi, quando acharam uma fotografia. Era de alguém de quem eles se lembravam muito bem.

"Olha, Vovó!", disse Zazi. "A gente achou uma foto do Vovô Mandela. A senhora pode contar a história dele de novo?"

"Mas é claro", respondeu Vovó Zindzi. "Como vocês sabem, o Vovô Mandela era meu pai, mas ele foi preso quando eu tinha só dezoito meses."

"Por que o Vovô foi preso?", perguntou Zazi.

"Ele foi preso porque estava lutando contra o *apartheid*. O *apartheid* era uma lei na África do Sul que separava as pessoas negras das pessoas brancas e que dizia que as pessoas brancas eram melhores. O Vovô lutava para que todos nós fôssemos iguais.

Sabem quando a gente diz que 'alma não tem cor'?
Que temos cores diferentes, mas, por dentro, somos todos iguais?"
"Hum, hum", disse Zazi.
"Era para defender isso que o Vovô Mandela estava lutando."

"O Vovô teve que passar o aniversário dele na prisão?", perguntou Ziwelene.

"Sim, e ele não podia dar uma festa. Nós tínhamos que comemorar por ele aqui fora. A Bisa ainda tinha o bolo de casamento deles, que não tiveram tempo de cortar quando se casaram.

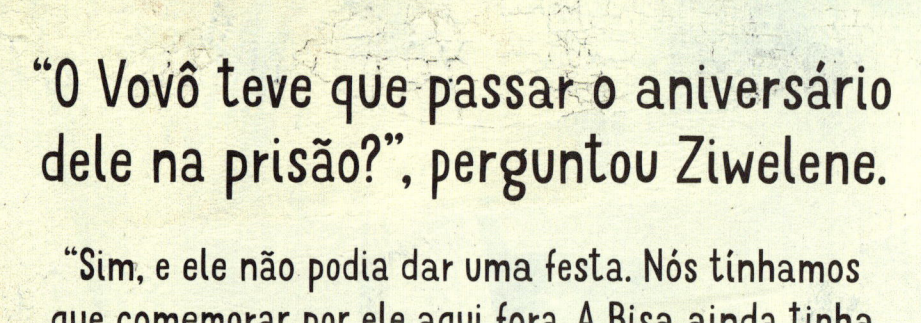

"Vovó, onde a senhora estava quando ele foi preso?", perguntou Ziwelene.

"Eu fiquei em casa, no distrito de Soweto, com a Bisa e minha irmã Zenani."

"A senhora gostava de lá?", perguntou Zazi.

"Era difícil. Nós não podíamos morar nos mesmos lugares que as pessoas brancas e nossas casas, nossas escolas e nossos hospitais não eram tão bons quanto os delas. E quando os negros diziam que isso não era justo...

"Elas deixaram a vida de vocês triste também?", perguntou Ziwelene.

"Sim", respondeu Vovó Zindzi. "Toda vez que a Bisa nos mandava para a escola, a polícia do *apartheid* vinha e nos expulsava. Mesmo que mudássemos nossos nomes e fingíssemos que éramos outras pessoas, eles nos encontravam.

Então, quando eu tinha cinco anos e Zenani tinha seis, algumas pessoas muito bondosas nos ajudaram a ir para o colégio interno na Suazilândia. A gente só vinha para casa nos feriados para ver a Bisa e o restante da família."

"Que triste", disse Zazi.

"Zazi", disse Vovó Zindzi, "não precisa ficar triste. Sabe o que a Bisa costumava nos ensinar?

Ela dizia, 'não quero ver vocês chorando, porque aí o inimigo vai ficar feliz. Quero ver vocês fortes, precisam manter a cabeça erguida'. A Bisa e o Vovô Mandela eram pessoas fortes por causa do jeito como foram criados."

"Eu tenho uma pergunta sobre isso", disse Ziwelene.
**"Onde a Bisa nasceu?"**

"Winnie Mandela nasceu em Bizana, que fica perto da Costa Selvagem. A Bisa é do povo Pondo, que gerou os melhores guerreiros da história!

O Vovô vem do povo Thembu.
Os dois pertencem à realeza."
"Uau!", disse Zazi. "Realeza."
"Sim", disse Vovó Zindzi.

"Onde o Vovô Mandela cresceu?", perguntou Zazi

"Bom", disse Zindzi, "ele nasceu na vila de Mvezo, mas cresceu em Qunu."
"Eu já fui lá!", disse Zazi.
"É verdade", disse Vovó Zindzi. "Durante a infância, o Vovô morou em uma casa tradicional, feita de barro e com telhado de palha. Ele precisava pegar água no rio e cozinhar em potes na fogueira.

Mas as lições que aprendeu com os mais velhos moldaram o homem que ele se tornou – um homem que foi capaz de perdoar todas as pessoas que fizeram ele, sua família e seu povo sofrerem."

"O Vovô foi pra escola, igual a gente?", perguntou Ziwelene.

"Sim", disse Vovó Zindzi. "Quando ficou mais velho, estudou Direito. Ele queria aprender como trazer justiça para a África do Sul."

"O que é justiça?", perguntou Ziwelene.

"A justiça trata dos direitos das pessoas. Significa que é preciso perguntar 'O que é certo para todo mundo? O que é justo?'. O Vovô não achava justo o que estava acontecendo na África do Sul."

"As outras pessoas também queriam justiça?", perguntou Ziwelene.

"Sim, o Vovô não era o único que achava o *apartheid* errado", disse Zindzi. "O mundo inteiro dizia que aquilo era cruel. E as pessoas negras não gostavam do jeito como eram tratadas.

As pessoas negras ficavam com vontade de lutar quando as pessoas brancas diziam que elas não eram boas o bastante. Pensavam que, se o Vovô e a Bisa podiam lutar e até ir para a prisão para conseguirem justiça, então elas também podiam."

"Por que o governo fez o Vovô ficar na prisão por tanto tempo?", perguntou Ziwelene.

"Eles o mantiveram na prisão contando que ele ficasse cansado e que desistisse de lutar por seu povo. Mas o Vovô não desistiu.

E eles esperavam que o povo se esquecesse do Vovô e daquilo que ele defendia, mas o povo não esqueceu. A Bisa, eu e muitas outras pessoas continuamos a lutar pela liberdade. Todas essas pessoas mantiveram vivo o espírito do Vovô."

"O Vovô tinha um plano pra fugir da prisão?", perguntou Ziwelene.

"Não, ele nunca tentou fugir", disse Vovó Zindzi. "Ele queria ficar na África do Sul para lutar por seu povo. Ninguém ia forçá-lo a deixar seu país!

Era importante que as pessoas soubessem que ele estava lá. Vovô sabia que, no mundo inteiro, as pessoas faziam cada vez mais pressão para que ele fosse libertado. E um dia...

"As pessoas ficaram felizes?", perguntou Zazi.

"Elas ficaram muito felizes!", disse Vovó Zindzi. "Tomaram as ruas quando saímos de carro da prisão. A volta de Vovô até Soweto demorou muito, porque todos os caminhos estavam bloqueados. Caía uma chuva pesada, mas as pessoas tinham dormido nas ruas só para vê-lo. Houve muita dança e muita cantoria. Todos estavam muito felizes."

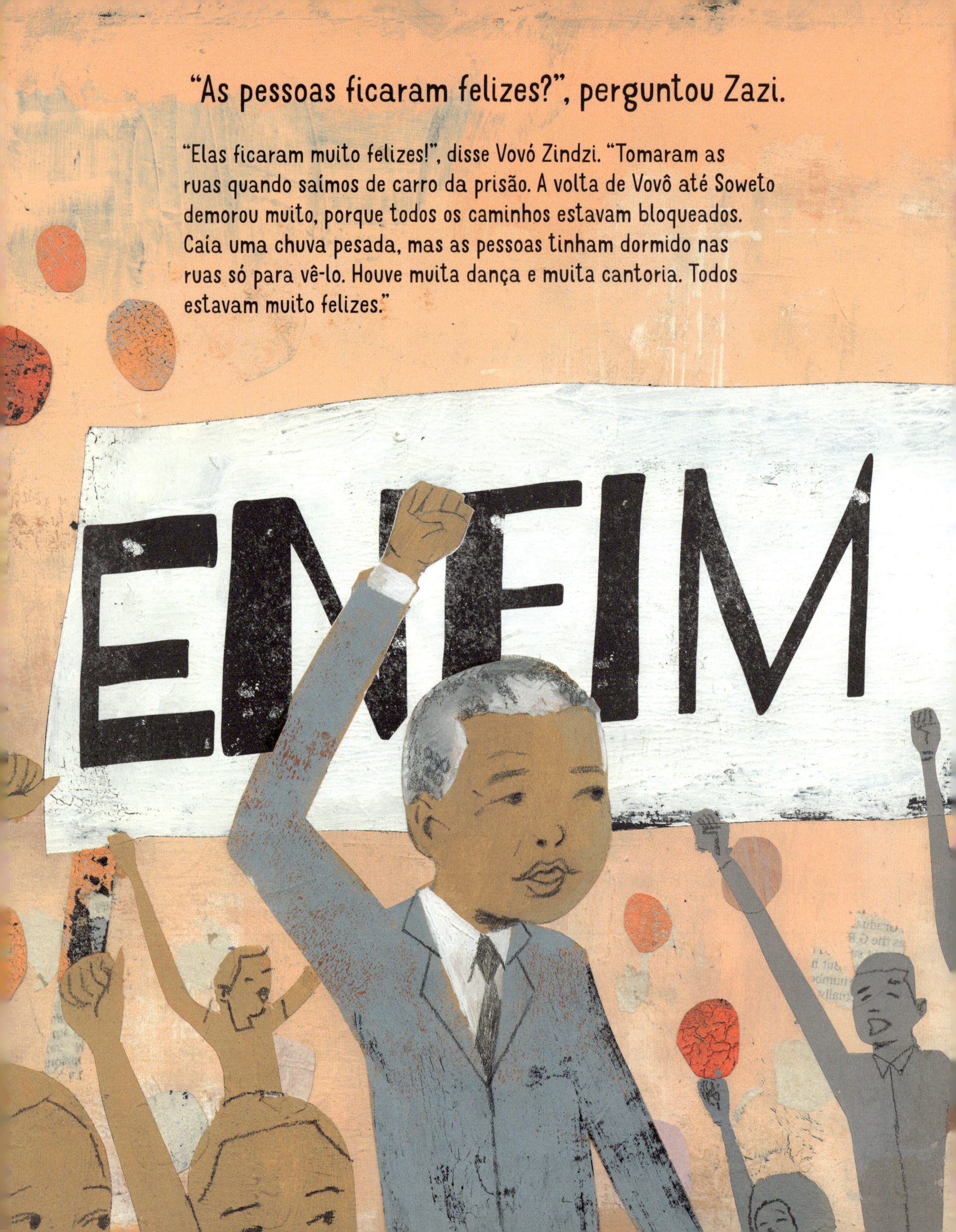

"O que o Vovô fez quando virou presidente?", perguntou Zazi

"A primeira coisa que fez foi unir os sul-africanos. Ele lembrou a todos que éramos iguais e que, por isso, estávamos lutando: para que vivêssemos lado a lado. Ninguém era melhor do que ninguém.

Ele garantiu que todos pudessem ir às mesmas escolas, que todos pudessem morar onde quisessem, que todos pudessem ir aos mesmos hospitais."

"Então, o *apartheid* tinha acabado?", perguntou Ziwelene.

"Isso mesmo. E sabe como ele fez isso? Convidou seus inimigos para se sentarem com ele, dividirem a mesma mesa."

"Deve ter sido bem difícil", disse Zazi.
Mas Vovó Zindzi tinha uma pergunta para os dois:

"Vocês sabem o que significa ubuntu?"

"Acho que eu sei...", disse Zazi.
"Quer dizer 'eu sou porque todos somos'", disse Vovó Zindzi.
"É nisso que acreditamos enquanto povo africano: em tratar as pessoas do jeito que nós queremos ser tratados. Foi isso que inspirou o Vovô a lutar por seu povo e também o que o ajudou a perdoar seus inimigos."

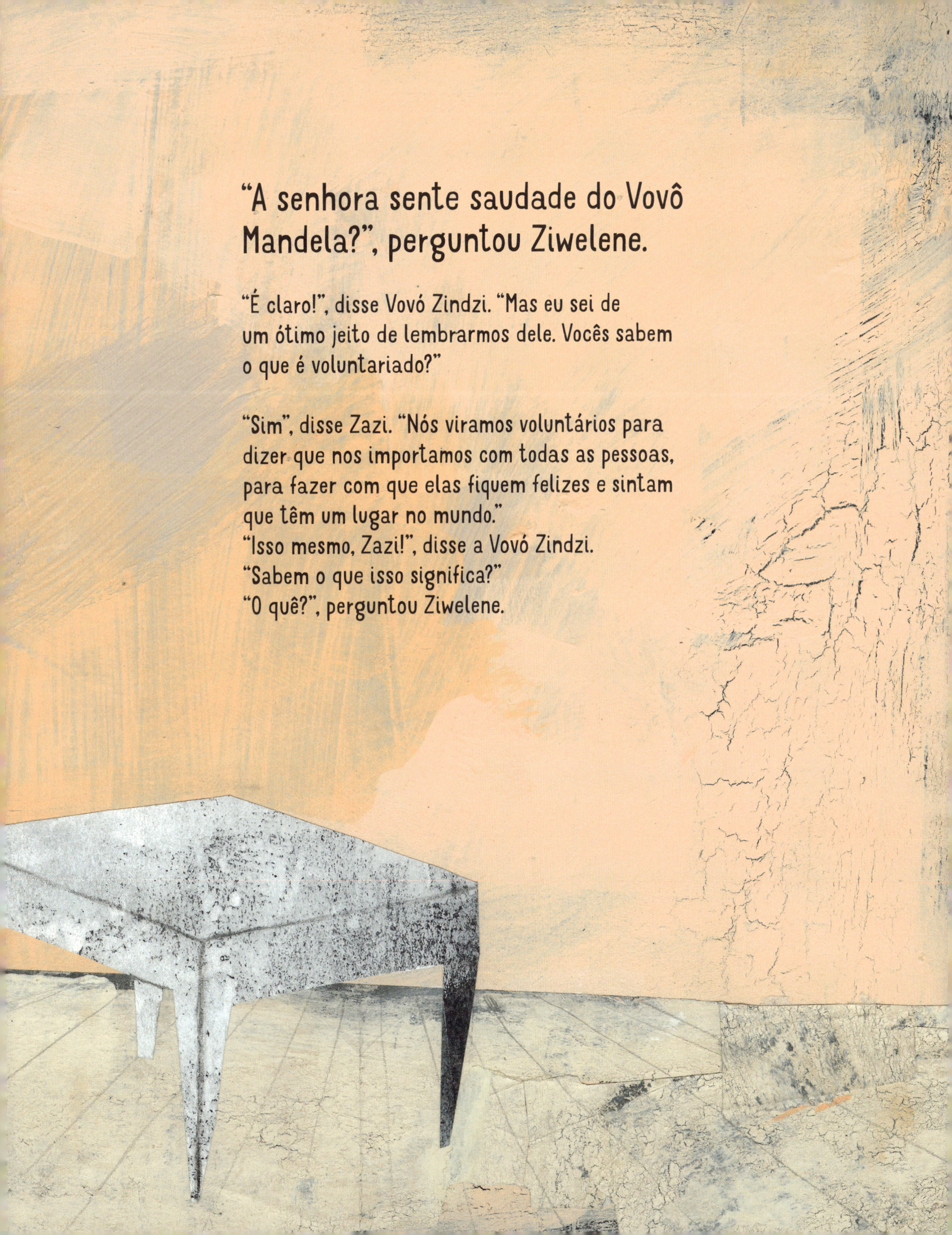

"A senhora sente saudade do Vovô Mandela?", perguntou Ziwelene.

"É claro!", disse Vovó Zindzi. "Mas eu sei de um ótimo jeito de lembrarmos dele. Vocês sabem o que é voluntariado?"

"Sim", disse Zazi. "Nós viramos voluntários para dizer que nos importamos com todas as pessoas, para fazer com que elas fiquem felizes e sintam que têm um lugar no mundo."
"Isso mesmo, Zazi!", disse a Vovó Zindzi. "Sabem o que isso significa?"
"O quê?", perguntou Ziwelene.

TÍTULO ORIGINAL *Grandad Mandela*
© 2018 Quarto Publishing plc.
Texto © 2018 Mandela Legacy. Ilustrações © 2018 Sean Qualls.
Publicado pela primeira vez em 2018 por Lincoln Children's Books, um selo The Quarto Group
© 2018 VR Editora S.A.

EDIÇÃO Fabrício Valério
EDITORA-ASSISTENTE Marcia Alves
REVISÃO Juliana Bormio e Flavia Lago
DIREÇÃO DE ARTE Ana Solt
DIAGRAMAÇÃO Ana Solt
CAPA E DESIGN Zoë Tucker.

Dados Internacionais de Catalogação na Publicação (CIP)
(Câmara Brasileira do Livro, SP, Brasil)

Mandela, Zindzi
  Vovô Mandela / Zindzi Mandela, Zazi Mandela, Ziwelene Mandela; ilustração Sean Qualls; tradução Dandara Palankof. – São Paulo: VR Editora, 2018.

  Título original: Grandad Mandela.
  ISBN 978-85-507-0200-1

  1. Contos – África (Literatura infantojuvenil) 2. Contos – Literatura infantojuvenil 3. Literatura africana 4. Literatura folclórica 5. Mandela, Nelson, 1918-2013 I. Mandela, Zazi. II. Mandela, Ziwelene, III. Qualls, Sean, IV. Título.

18-14165                                                      CDD-028.5

Índices para catálogo sistemático:
  1. Contos africanos: Literatura infantojuvenil 028.5

Todos os direitos desta edição reservados à
**VR EDITORA S.A.**
Via das Magnólias, 327 – Sala 01 | Jardim Colibri
CEP 06713-270 | Cotia | SP
Tel.| Fax: (+55 11) 4702-9148
vreditoras.com.br | editoras@vreditoras.com.br

**SUA OPINIÃO É MUITO IMPORTANTE**
Mande um e-mail para
**opiniao@vreditoras.com.br** com o título deste livro no campo "Assunto".

1ª edição, jul. 2018 | 2ª reimpr., out. 202
FONTE Mr Dodo Light 25/28pt;
  Mr Dodo Light 17/20pt
Impresso na China | Printed in China
LOTE QUA240724

**Nelson Mandela** nasceu em Mvezo, na África do Sul, em 1918. Ficou conhecido mundialmente por sua longa luta contra o *apartheid*, regime político que determinava a separação de pessoas brancas e negras. Os protestos de Mandela contra o governo resultaram em 27 anos de prisão. Após ser libertado, reuniu-se com membros do governo para trabalhar em uma solução pacífica para os conflitos e – junto com o presidente De Klerk – ganhou o Prêmio Nobel da Paz em 1993. No ano seguinte, venceu as eleições. Como o primeiro presidente negro da África do Sul, Madiba, como é carinhosamente chamado pelos sul-africanos, dissolveu o *apartheid*, na crença – assim como o Arcebispo Desmond Tutu – de que a África do Sul era a "nação do arco-íris", com pessoas de todas as raças e cores trabalhando juntas. Morreu em 2013, mas continua sendo uma inspiração para todos ao redor do mundo.